Animal Kingdom

動物王國

文: Jacqueline Chuang

圖: Ya Wen

作者簡介

文字作者：Jacqueline Chuang

Jacqueline Chuang ，一個熱愛時尚、追求品味生活的新時代女性。出身於品牌推廣與行銷的J.C., 威士忌、香檳與珠寶是開啟她對美的執著之路。她不斷地挑戰自己的極限，希望能夠藉由心中的力量來啟發她周遭所有人並帶給這個世界更多愛的能量，雖然一路走來經歷了許多令人無法想像的波折，作者選擇相信她心中的信條"I believe there's love, and that day is coming".。

Jacqueline. C **L.P.E.**

插畫作者：Ya Wen

Ya Wen，一位熱愛畫畫的插畫家。在舊金山求學時期，奠定她日後能成為一個追求完美的設計人。平日的Ya，除了瀟灑的騎上重機去享受乘風奔馳的自由，更是一位愛動物的文人雅仕。這個外在清新脫俗而骨子裡散發出無限傲氣的女人，你總是不難被她那一身可愛的正氣凜然氣息所吸引。

目 次

序

故事的靈感是來自於某個真實生活的寫照。作者在撰寫這本童書繪本時，其實天天都在掙扎，不論是在角色的筆述和情節的編排，都是原汁原味的呈現給讀者。

每個人每天都扮演著各種角色。你可能是公司的員工、老闆；某人的兒子女兒、父母、先生或太太。當你在每一個角色位置裡，人們總是不斷地追求一種渴望。渴望別人對自己的認同和重覆既有模式的人生軌跡。動物王國故事中想要傳達一種喚醒人們的信號『愛與希望』。

作者以主角猴子侍衛長的視角來闡述故事；野狼則是代表人性矛盾的體現。因為現代科技的發達，雖然帶給人們許多便利，但也導致人和人之間的疏遠和誤解。藉由動物王國的故事，希望無論你扮演的是什麼角色或身處什麼樣的環境，也要心存信念和希望。『愛，記得把心放在裡面！』也希望每個人都能找到那種真誠的愛。

第 一 章

故事是從一個
閃著微火光影的昏暗洞穴開始的…

　　很久很久以前，有一個受傷的獅王在洞穴裡被三隻野狼脅迫，野狼們說：咱們

現在來瓜分肉食吧！

受傷的獅王為了保全王國裡的動物，擔心若此時不先屈就野狼們的要求，動物王國裡的

動物將一一的被野狼們啃食殺害。那天，受傷的獅王說：

『說吧～你們想要怎麼分食？』

第一隻野狼說：

『現在動物王國的食物太少，你的王國裡有那麼多動物，

就讓我們指揮他們去找出獵食來給我們吧！

如果找不到，我們就只好吃了他們。』

第二隻野狼說：

『是啊，我們也不想傷害你的動物子民，不過，總該給我們

這群狼爺一些好處吧～但因為你畢竟還是動物王國的國王，

所以，你先吃，吃完我們狼爺們再吃。』

第三隻野狼接著說：

『我以前在獅王身邊那麼久，應該可以分到不少吧！』

第三隻野狼，本來是隻小野兔，它從前一直崇拜獅王，跟在獅王身邊很久，希望能學習獅王的

智慧與領導能力，讓動物王國變得更美好，然而小兔子自從被巫師下了咒，也就變成了野狼，

而這隻小野兔，本性是不壞的。只因為野狼巫師的魔咒太強大，經不起誘惑的他，也就迷失了

自己，最終外形也轉變成了野狼的形體。 這時，另外兩隻野狼說：『哎呀～既然你已經

是我們野狼族群了，我們應該分的一樣多。』此時，受傷的獅王開口說：

『好吧，那你們分完，我希望我的老鼠將軍跟猴子侍衛長可以在你們吃完

後分食，最後剩下的就給王國內其他的動物吃吧。』接著，第二隻野狼

也就興高采烈地將當天在洞穴裡決定好的協議頒布公告到

動物王國裡的每個角落。

第二章

頒布王國分食獵物公告

當王國裡的動物看到這個消息，其實都很氣憤，但也沒辦法做什麼。那天，猴子侍衛長看到了從宮廷裡發佈的公告，心裡想著，『獅子國王難道被狼群們蒙蔽了心眼，這麼大的決定，獅王以前一定會要猴子侍衛長一起決定問他的意見，但為什麼這次與野狼們私下協議，並且之後的每一次王國裡的規定都只是和野狼們討論，也不讓他參與。』

猴子伺衛長想著也就難過的以為獅王是不是誤會了他什麼，再也不重視他了，而當猴子侍衛長看到長期為動物王國尋找食物的老鼠將軍也排到自己一樣的分吃肉食順序，心裡暗暗地替老鼠將軍叫屈，『其實老鼠將軍應該可以和野狼一同分食，怎麼會被分配到和自己一樣的順序呢！』

動物王國裡，有一隻小獅子，一隻小松鼠和一隻毒箭蛙，他們三個常常一起玩樂，也不時替動物王國舉辦許多歡樂的活動，邀請動物王國的其他動物一起同樂，也因為他們的創意，常常替老鼠將軍想出許多捕捉獵物的好方法。

在脅迫獅王裡的第二隻野狼，一直有一隻老狐狸和小羊跟隨他，他們之所以在一起工作，是因為以前和第二隻野狼負責替動物王國管理獵物的分配。而因為第二隻野狼先加入動物王國，所以理所當然的當上了組長，替動物王國每次獵食到的食物分發。但是老狐狸其實是很聰明的，他一直都很不滿野狼總是把工作丟給他們而自己每次都不做事，可是老狐狸心想著，『我都這麼老了，不要跟野狼計較，不然哪天被它吃掉，況且小羊還這麼小，如果我不努力工作保護他，這樣王國裡其他動物一定會被野狼欺負趕跑或者吃掉。』 王國也有負責將獵物哄騙到陷阱的大白豬和管理儲存獵物誘餌的樹懶，其實動物王國是不隨便獵食的，因為王國裡的動物有的只吃草，所以動物們即使沒有分到太多獵食還是可以生存，而老鼠將軍獵來的食物，可以和鄰國交換不同糧食，所以打獵食物便是王國裡固定的工作。

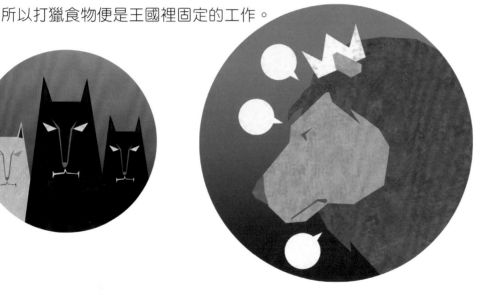

自從那三隻野狼開始露出野心想要掌管動物王國，王國裡便一日不不得安寧，王國裡的動物開始互相猜忌互相推卸工作，每隻動物變得毫無希望，看不到自己在動物王國生存的未來，若不聽從野狼的指令，深怕有一天自己會變成野狼的食物或是被趕出動物王國，所以只好一天過一天。然而，王國的食物越來越少了，老鼠將軍也因為過於疲累，獵到的肉食一天比一天少，有時甚至完全獵不到。受傷的獅王怕王國的動物餓死或被野狼吃掉，就四處尋找方法想要拯救這個危急的狀況。獅王心想，第三隻野狼既然跟了他那麼久，把他帶著去獵食並可以找尋更多的動物來幫助動物王國度過危機，應該是有用的。這時，第一隻野狼就說：『我來負責規劃新的策略讓獅王你們去鄰國獵食吧。』

第三章

屈辱種下狼誓

　　猴子侍衛長知道，第一隻野狼一直希望獅王可以讓它來管理動物王國，但獅王之所以願意讓第一隻野狼來幫忙策劃，也是因為獅王在前一次戰爭中，輕信了先前獅群找來的大野狼，以為他可以替動物王國找到許多吃不完的獵物，但獅王卻不知道大野狼只是想藉由動物王國裡的資源來替自己蓋房子建立自己的王國。

第一隻野狼曾經受盡大野狼的侮辱，早就在心裡發了誓，總有一天要扳倒大野狼掌管動物王國。
在獅王決定要把大野狼趕出動物王國時，第一隻野狼因為很了解動物世界裡的
規定。也幫忙獅王想了許多方法，讓獅王不被大野狼所犯下的罪行
連累並被其他獅子分食他多年打下的王國，才決定讓野狼來幫忙。
其實，第一隻野狼剛到動物王國時，是一隻成天跟其他動物
宣揚許多動物世界的大道理，他告訴動物們說：

『我們動物們來這個世界，是要快快樂樂的學習
並幫助獅王讓動物王國變得更富足。』

然而第一隻野狼發現自己一直無法立下功勞，而那時的王國獵王狀況
一日比一日差，大野狼因為第一隻野狼總是私下與獅王秘密會議，也
就開始不時的羞辱第一隻野狼對動物王國沒有貢獻，並暗示第一隻野
狼在動物王國的分食順序與份量，代表它在動物王國就如同被大野狼
壓榨認定的價值那樣般低等。

從那時候開始，第一隻野狼再也不像從前那樣單純了，開始心懷仇恨，
也在大野狼被趕出動物王國後，就露出他的真面目。然而，第一隻野狼，
本性原本就很有主見的，也一直希望自己能跟他的野狼伴侶有一樣的功勞並
建立自己小王國。才在獅王受傷後，開始認為自己也能擁有一個王國，
並開始籌劃著如何獲得獅王的肯定讓他能掌管動物王國，這一切，
猴子侍衛長都看在眼裡。

第 四 章

妒忌變敵人 害怕變朋友

第二隻野狼本就是隻膽小怕事的動物，在第一隻野狼來前，他備受大野狼的寵愛，那是因為第二隻野狼一直幫大野狼掩蓋不時偷走動物王國裡獵物的證據。而在第二隻野狼發現第一隻野狼剛到動物王國每個月所獲得的肉食份量比他多時，便就非常氣憤並向猴子侍衛長抱怨說：『第一隻野狼的出身與豐富資歷好像是造假的，他憑什麼可以分到比我多，我偷偷去查他的背景，明明就不是像他所說的得到動物世界所規定的合格學校標準。』

但猴子侍衛長冷冷的回答說：『只要第一隻野狼可以幫動物王國好好立下功勞，是不是有正統動物世界認證有什麼關係呢？若是他不行，大野狼也會把它趕出去的。』然而，第二隻野狼因為大野狼的犯罪事跡敗露，就開始向第一隻野狼示好，希望第一隻野狼能幫他想出方法不被因為自己替大野狼掩飾罪行而拖累。從此之後，第一隻野狼和第二隻野狼便成天膩在一起。也在獅王受傷後，一起加入搶食的行列。

然而，大野狼的罪行為何會被發現，其實動物王國一直有傳聞說是因為第二隻野狼在大野狼無法為動物王國獵食到他自己所誇下的獵物份量，而且大野狼一次比一次貪心，第二隻野狼擔心若事情東窗事發，自己必定會被獵殺，所以才私下將大野狼的罪行告訴了兔子變成的野狼，讓它去告訴其他的獅子，讓獅群來責備獅王的管理失誤並把獅王逼下王位。大野狼的罪行，早在獅王初到王國時，猴子侍衛長就偷偷提醒過獅王了。獅王一直沒採取行動是因為獅王不確定是不是事實，所以才默默的觀察大野狼。

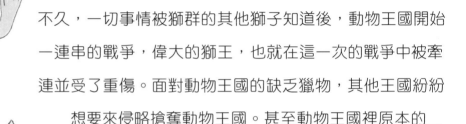

第五章

紙包不住火，野心狼心

不久，一切事情被獅群的其他獅子知道後，動物王國開始一連串的戰爭，偉大的獅王，也就在這一次的戰爭中被牽連並受了重傷。面對動物王國的缺乏獵物，其他王國紛紛想要來侵略搶奪動物王國。甚至動物王國裡原本的動物也想要離開或者是殺害自己王國裡的動物，並且壓榨受傷的獅王來奪下王位。

王國開始陷入四分五裂的情況，動物們也開始紛紛想要出來掌握權勢，他們認為獅王已經受傷無法好好管理動物王國，於是這三隻野狼的野心燃起，挾持受傷的獅王在洞穴裡策劃，認為自己可以成為下一個大野狼，獲取獅王的寵愛並統治動物王國。也是因為這一連串的災難與紛爭，早就已經讓動物王國越來越陷入困境。受傷的獅王為了王國內的動物，毅然決定出走尋找獵物來餵飽王國內的動物子民，穩定所有動物的心。獅王臨走前對王國內的動物說：『各位子民們，現在王國需要的是大家的支持，請大家團結一心，我會替大家找到糧食的。』

第六章
猴子侍衛長
與野狼的初次衝突

獅王在策劃出征時，常常與第一野狼和第三隻野狼在洞穴裡探討應該如何進行。這天，第二隻野狼依舊像往常一樣懶惰，甚至欺負王國內的其他動物，總是把自己的工作丟給其他動物。

然而，長期以來，猴子侍衛長一直與第二隻野狼互看不順眼，在大野狼在的時期，猴子侍衛長與第二隻野狼分別是大野狼的左右手，但因為猴子侍衛長耿直的個性，始終總是讓大野狼又愛又恨，不像第二隻野狼因為膽小順從的個性，頗受大野狼寵愛。

這一天，大白豬為了老鼠將軍好不容易獵到的肉食處理，想詢問第二隻野狼應該怎麼辦，天性怕事的第二隻野狼就大聲咆哮大白豬，嚇得大白豬不知所措。此時，猴子侍衛長看到後，便抓著第二隻野狼，要他說清楚。猴子侍衛長說：『獅王明明就要我們團結合作，為什麼你每次都要那麼怕事，不願意一起幫忙呢！』第二隻野狼一聽便回答說：『這不關我的事，為什麼王國大小事都要來煩我呢！』說完便氣急敗壞的走了。這次的衝突被獅王聽見了，獅王擔心猴子侍衛長離開動物王國，畢竟猴子侍衛長自動物王國建立到現在，就一直為王國奉獻，也不希望在目前王國危急時，損失任何一個將領。但是，還是要有人協助哄騙獵物到陷阱，所以獅王便請猴子侍衛長來幫忙大白豬。

第七章
野狼妒心起

當猴子侍衛長開始幫忙獅王請託的事物，第一隻和第三隻野狼開始吃味了，他們認為
獅王是不是有意讓猴子侍衛長成為下一個大野狼來管理動物王國。然而，獅王在策劃
出征時，獅王總是沒讓猴子侍衛長參與會議，每次第一隻和第三隻野狼與獅王討論後
從洞穴出來時，第一隻野狼便開始伺圖想要指揮所有的動物。

有天，當第一隻野狼帶著要給獅王的東西並讓猴子侍衛長轉交給獅王，他要求猴子侍衛長必須畫押，猴子侍衛長告訴第一隻野狼說：『我會交給獅王的，這又不是什麼重要公約為什麼要畫押呢？』這時，第一隻野狼氣炸了，他認為猴子侍衛長在嘲笑他沒有常識，所以就立刻氣得大罵說：『為什麼你總是要一秒惹怒我呢！』便氣急敗壞地跑去和第二隻野狼抱怨並一起咒罵猴子侍衛長。第三隻野狼因為與第一隻野狼一同幫獅王策劃，常常私下在密室商討，第一隻野狼也藉機開始向第三隻野狼挑撥他和猴子侍衛長的感情。

猴子侍衛長一直很喜歡和小白兔作伴，因為在它沒變成野狼前，他們倆總是一起向獅王學習並幫助獅王處理王國的許多事情。然而，在它變成野狼後，他們倆就漸行漸遠。猴子侍衛長知道，他依舊是他心中善良的小白兔，只是被暫時蒙蔽了心智，總有一天第三隻野狼會了解並找到方法解除身上的咒語。

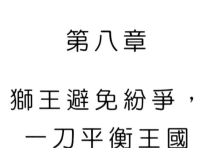

第八章

獅王避免紛爭，
一刀平衡王國

第三隻野狼心裡其實一直都很不是滋味，因為他認為獅王有意把動物王國交給猴子侍衛長管理。獅王因為身受重傷還沒有復原，擔心第三隻野狼若這時離開王國或是到投靠到獅群裡的其他獅子，動物王國就真的岌岌可危了。

所以為了讓第三隻野狼不要誤會，獅王有天故意請猴子侍衛長幫忙打掃密室，並故意把第三隻野狼叫進來密室指派其他獵食策略，目的是要讓第三隻野狼了解獅王只讓猴子侍衛長負責雜事並沒有要將王國給猴子侍衛長管理，避免日後可能的紛爭。果然第三隻野狼看到了這個情形，並開始慢慢釋懷。然而，猴子侍衛長了解獅王的用意，縱然他對管理王國沒有興趣，但對於獅王這樣的刻意安排，猴子侍衛長不是傻瓜，他感覺到自己不被尊重，便從此在心中有如曾經被深深地劃下了一刀的傷痕。這時的獅王，失去的不只是一名將領的忠信，也失去了一個朋友。但猴子侍衛長對自己說：『我其實沒有失去什麼，反而得到難能可貴的體認。』

第九章

動物結盟救王國

當動物王國瀕臨滅亡時，獅王出外獵食也找到了其他的動物來加入幫助動物王國，那就是狐獴家族。這個家族一直很支持動物王國，也希望能和動物王國一起合作，讓彼此更富足並幫助更多的動物。有了狐獴家族的幫助，獅王決定將動物王國遷移到更豐沃的領土，王國也開始燃起一線希望，動物們也看到了動物王國的未來並紛紛開始努力工作。動物們的結盟，的確幫王國重建帶來不少的幫助，不過在重建的過程中，狐獴家族其實是有目的，他們認為獅王主掌的動物王國藏有許多豐沃的食物，趁機在此次的重建下撈到不少好處，聰明的獅王也不是省油的燈，他知道狐獴長老雖然嘴巴說著自己有多希望能幫助王國，但私底下卻在重建中拿了不少食物，猴子伺衛長曾經提醒獅王說：『這個狐獴不是說好要來幫助我們的嗎？可是他卻不斷的暗中偷走我們許多食物。』獅王說：『沒關係，讓他們去吧。』

然而，在這時候小獅子決定離開王國去尋找他的新天地，猴子侍衛長，小松鼠和毒箭蛙都很捨不得小獅子，但他們知道小獅子若繼續待在動物王國是不會快樂的，也只能祝福他希望小獅子有天能建立自己的王國。

第十章

挑撥不斷，戰火再起

在小獅子離開王國後，他與第三隻野狼、小松鼠、毒箭蛙一直都保持著聯絡，小獅子在其他王國找到了它的伴侶，過著快樂的生活。然而，也因為小獅子的離去，第三隻野狼也燃起想出走動物王國的念頭。小獅子時常勸第三隻野狼，因為他希望那單純的小兔子可以變回原來的面貌。但是因為巫師下咒的時間過久，所以要解除咒語最終還是得靠第三隻野狼的回心轉意，找回自己剛到動物王國的初心。第三隻野狼一直有這個念頭了，他不斷地掙扎，因為自己永遠不停地在比較，他心想：『我這麼辛苦的為獅王，到底得到了什麼，小獅子走了，我也應該去找尋建立我的王國，但是我不甘心猴子侍衛長搶走我在獅王心中的地位，還是第一隻野狼才是我該害怕的對手，不，我會再回來的。』

就在此時，第一隻野狼發現第三隻野狼想要出走的事情，就在心中暗自竊喜，終於趕走一個對手了，但是又想，如果第三隻野狼離開，自己就得處理一堆王國的事，它知道自己沒有像第三隻野狼的能力，況且第三隻野狼是它用來壓制猴子侍衛長的棋子，他知道小白兔在猴子侍衛長心中的地位。因此，第一隻野狼就開始煽動王國裡的其他動物排擠猴子侍衛長，動物們為了保護自己並得到獅王的賞識，也紛紛的攻擊猴子侍衛長，王國也就開始又陷入紛爭與天災。

一連串事件導致烽火連綿，獅王也開始對猴子侍衛長產生嫌隙，在猴子侍衛長的心裏，一直有一個夢想，希望有一天可以與他的伴侶一起生活在一個無憂無慮的動物世界裏，那是一個沒有猜忌、沒有仇恨並且充滿愛的世界。他想向獅王提出離去的請求，他知道如果自己不選擇離開，動物王國就會因為第一隻野狼的挑撥，無法平息戰火並得到真正的富足，但我們都知道食物鏈將永遠在動物世界裡不斷上演，因為獅王才是動物王國的統治者。

第十一章

猴子侍衛長
圓夢 & 愛

這個時候，第一隻野狼終於忍不住了，趁著猴子伺衛長想要離開，他就帶領著其他動物準備殺死獅王，此時的獅王才覺悟，原來自己一直想控制的動物們，每個都可能變成『大野狼』。 但這個時候，猴子伺衛長出現並殺死第一隻野狼，王國才得以回復到往日的平靜。猴子伺衛長對獅王說：『這是我最後一次地為您作戰了，希望你好好保重。』 說完便離開動物王國。獅王看著猴子伺衛長的背影說：『再見了，我的朋友。』或許，動物王國還有很長的一段路要走，才能達到這個境界，也或許，戰爭才是王國需要的，才能替動物們找到富足。猴子侍衛長對自己說：去愛吧～接受愛吧～只有接受愛才能住在愛裡面。他期望，心裡也真的相信，有一天動物王國能夠變成那樣。

他心中的那天，其實已經不遠了。

版權頁

動物王國 Animal Kingdom

插画作者:Ya Wen

文字作者:Jacqueline Chuang

出版日期:2018 年 12 月

_____

定價:270 元

開數:21×27 cm "20 開" 頁數:24 頁

裝幀:精裝

規格:精裝 / 全彩印刷 / 初版

出版地:台灣

國家圖書館出版品預行編目(CIP)資料

動物王國/Jacqueline Chuang著 - 初版

ISBN: 978-957-43-6234-9 (精裝)

ISBN 978-957-43-6234-9

9 789574 362349

1.總類 2.哲學類 3.心理勵志

推薦序

在讀了這個故事後，我看到的層面是故事也教導讀者要珍惜對你好的人。在故事裡猴子侍衛長的忠心和整個情節，我認為其實人通常一開始都是很用心在任何事情上，但若得不到關注就容易開始改變。所以在日常生活裡，我們都要珍惜對你好的人、彼此尊重與回報，不然最後會是一場空。這是一本很棒的童書，也推薦給每一位喜歡閱讀的人，願大家珍惜愛護所擁有的人、事、物。

Datin' Josephine Hew 邱壨顥